Analyse de l'œuvre

Par Agnès Thibault

Le dieu du carnage

Yasmina Reza

lePetitLittéraire.fr

Analyse de l'œuvre

Par Agnès Thibault

Le dieu du carnage

Yasmina Reza

lePetitLittéraire.fr

Rendez-vous sur lepetitlitteraire.fr et découvrez :

Plus de 1200 analyses
Claires et synthétiques
Téléchargeables en 30 secondes
À imprimer chez soi

LE DIEU DU CARNAGE

UN HUIS CLOS QUI FAIT TOMBER LES MASQUES DE CIVILITÉ ET QUI RÉVÈLE LA BARBARIE QUI SE CACHE DERRIÈRE

- **Genre :** pièce de théâtre
- **Édition de référence :** *Le dieu du carnage*, Paris, Albin Michel, 2007, 125 pages.
- **1ʳᵉ édition :** 2007.
- **Thématiques :** conventions sociales, éducation, bourgeoisie, relations familiales, relations de couple, morale, instincts, barbarie

Écrite par Yasmina Reza, *Le dieu du carnage* est une pièce de théâtre publiée en 2007 et représentée pour la première fois à Zurich, puis à Berlin et Paris. L'histoire se déroule sur une ou deux heures, pendant un après-midi, dans un salon. Suite à une altercation verbale entre deux enfants, Bruno et Ferdinand, Ferdinand frappe Bruno au visage et lui casse deux dents. Les parents de Bruno invitent alors les parents de Ferdinand chez eux, afin d'établir ensemble une déclaration de l'incident. Si les deux couples se montrent d'abord cordiaux et modérés, très vite les échanges vont devenir plus houleux, voire violents, chaque protagoniste ayant sa propre vision de l'éducation et de la morale. Cette violence se situe non seulement entre les deux familles, mais aussi au sein même de chaque couple. La pièce se clôture sur une forme de silence qui illustre l'échec des personnages à communiquer et leur désarroi, les échanges aboutissant à une perte de leurs repères moraux et sociaux.

Contrairement à une pièce de théâtre classique, le texte n'est pas divisé en scènes ni en actes. Cette absence de pauses dans le spectacle, de blancs dans la lecture, donne l'impression que l'action se déroule sur un temps très court. Ce resserrement dramatique est renforcé par le fait que l'action a lieu dans un seul endroit, à savoir le salon des Houllié.

YASMINA REZA

ÉCRIVAIN FRANÇAIS

- **Née en 1959 à Paris**
- **Quelques-unes de ses œuvres :**
  - *Conversations après un enterrement* (1987), pièce de théâtre
  - *Art* (1994), pièce de théâtre
  - *Babylone* (2016), roman

Yasmina Reza est dramaturge, romancière et réalisatrice. Fille d'un ingénieur iranien et d'une violoniste hongroise, elle grandit dans un environnement artistique. Après des études de théâtre, elle devient comédienne. À l'âge de 27 ans, elle écrit sa première pièce, *Conversations après un enterrement*, couronnée par le prix Molière du meilleur auteur. Elle en écrira neuf autres, dont la pièce *Art* qui a été également récompensée par le prix Molière du meilleur auteur.

Elle a aussi écrit des romans et des nouvelles salués par l'institution littéraire. En 1997, sa nouvelle *Hammerklavier* reçoit *le prix de la nouvelle de l'Académie française*. *Son roman Babylone* est consacré en 2016 par le prix Renaudot.

Elle est également reconnue dans le domaine du cinéma. Elle a réalisé le film *Chicas* en 2010. En 2011, elle met en scène avec Roman Polanski le film *Carnage*, qui est une adaptation du *Dieu du carnage*.

Nourri par l'œuvre de Nathalie Sarraute, le théâtre de Yasmina Reza met en scène la banalité du quotidien, la difficulté à communiquer, les tensions dans les relations familiales, amicales et amoureuses.

- 8 -

RÉSUMÉ

Des échanges cordiaux marqués par une tension sous-jacente

Les parents de Bruno, les Houllié, invitent chez eux les parents de Ferdinand, les Reille, pour désamorcer le conflit entre leurs enfants, Ferdinand ayant frappé Bruno au visage. La pièce commence par une déclaration de l'incident par Véronique, la mère de Bruno, sous la forme d'un procès-verbal.

S'ensuivent des remarques de Véronique et Michel, les parents de Bruno, sur la dangerosité des parcs pour les enfants, puis des questions polies de la part d'Annette, mère de Ferdinand, sur l'état des dents de Bruno, abimées par l'attaque de son fils. Après avoir dressé un bilan technique très précis de la mâchoire de Bruno, Véronique souligne l'apparente loyauté de son fils à l'égard de Ferdinand, Bruno refusant de dénoncer ce dernier.

Le téléphone d'Alain se met à sonner au moment où Véronique et Michel expliquent comment ils ont convaincu leur fils de dénoncer Ferdinand. À la teneur de la conversation entre Alain et son interlocuteur, le spectateur comprend que ce dernier est avocat et qu'il travaille pour les laboratoires pharmaceutiques Varenz-Pharma. On apprend également que Michel est grossiste en articles électroménagers, Véronique écrivaine et Annette conseillère en gestion patrimoniale. Véronique mentionne aussi l'existence de leur fille, Camille, et souligne le fait que son époux s'est débarrassé de leur hamster, suscitant ainsi la colère de Camille.

Véronique demande que Ferdinand présente ses excuses à Bruno, proposition à l'origine d'une divergence entre Alain et Véronique, le premier estimant qu'à onze ans, on ne peut pas se rendre compte de la portée de ses actes. Afin de détendre l'atmosphère, Michel propose du café et un reste de clafoutis à ses invités.

Le portable d'Alain se remet à sonner : l'entreprise pharmaceutique pour laquelle il travaille a mis en vente un médicament, l'Antril, dont la nocivité a été prouvée par des études scientifiques publiées récemment. Les échanges entre Alain et Véronique deviennent plus houleux, Alain contredisant le fait que son fils ait défiguré Bruno. Annette propose alors d'organiser une rencontre entre les deux garçons, mais Véronique et Alain s'opposent également sur ce point.

Les Reille annoncent leur intention de partir et les quatre personnages tentent de se mettre d'accord sur les modalités d'une rencontre entre Ferdinand et Bruno. Véronique montre son scepticisme, tandis que l'agacement d'Alain devient de plus en plus visible. Michel propose un deuxième café à ses hôtes pour désamorcer le conflit opposant Alain à sa femme.

Les Reille apprennent aux Houllié que Bruno a insulté leur fils et refusé de le faire entrer dans son groupe. Annette commence à exprimer son angoisse sous forme d'un mal de cœur pendant que les échanges se crispent entre Alain et Michel. Annette finit par vomir sur les livres d'art de Véronique et le costume d'Alain lorsque Michel établit un lien entre le désintérêt d'Alain pour l'éducation de son enfant et l'attitude de Ferdinand.

Le vomissement d'Annette, un symptôme qui dévoile et renforce les hostilités

Véronique peine à cacher sa colère, tandis que Michel cherche à atténuer la situation en essayant de nettoyer les livres. Alain, puis Annette se rendent dans la salle de bain. Véronique et Michel profitent d'être seuls pour se plaindre d'eux.

Une fois revenue, Annette affirme que l'insulte de Bruno constitue également une agression, puis déclare aux Houllié que leur fils aussi est une « balance » et que le couple n'est modéré « qu'en surface » (p. 67). Alain cherche à partir en montrant ouvertement son indiffé-rence par rapport à l'altercation entre les deux enfants. De son côté, Michel se moque d'Annette, en remarquant ironiquement que « dégobiller » l'a « requinquée » (p. 69).

La mère de Michel appelle sur ces entrefaites et ce dernier cherche à la dissuader de prendre de l'Antril. Les Reille sont à nouveau sur le point de partir, lorsque Michel sous-entend que l'attitude de leur fils est le reflet de celle de ses parents. Annette le traite alors d'assassin en comparant l'acte violent de Ferdinand au geste de Michel lorsqu'il a abandonné le hamster. Michel devient de plus en plus virulent et familier, et finit par déclarer que sa femme l'a « déguisé en type de gauche », mais qu'il est en réalité un « caractériel » (p. 78).

Les masques tombent : Michel et Annette quittent leur rôle de temporisateur

Les relations entre Michel et Véronique se tendent, Michel reprochant à sa femme de chercher à l'« embrigader » dans son militantisme. Véronique se met à pleurer et se plaint de son époux, tandis qu'il propose du rhum à la cantonade. S'opère alors un rapprochement des hommes d'une part, des femmes d'autre part. Alain accepte le rhum offert par Michel et déclare que c'est sa femme qui l'a forcé à venir. Annette tente de calmer Véronique et se moque de la phobie de Michel pour les hamsters.

Parce que Michel refuse de servir du rhum à sa femme, cette dernière lui arrache la bouteille des mains. Véronique se plaint ensuite de la médiocrité de son mari auprès d'Alain. La mère de Michel téléphone à nouveau pour demander des nouvelles de Bruno.

Après des échanges sur l'égoïsme de la nature humaine et les désenchantements de la vie de couple, Michel propose un cigare à Alain, malgré l'opposition de Véronique. Alain poursuit ses discussions professionnelles au téléphone, pendant qu'Annette montre ouvertement son exaspération et se met à se plaindre auprès de Michel et Véronique de sa vie conjugale « hachée par le portable » (p. 94). Après avoir raccroché, Alain déclare qu'il croit au « Dieu du carnage ». Annette se remet à vomir dans la cuvette.

De la violence des mots à la violence des gestes

Véronique se met à frapper Michel lorsque ce dernier demande à Alain de ne pas la lancer sur le sujet de la justice en Afrique. Après s'être resservie du rhum, imitée par Véronique, Annette souligne avec ironie l'intérêt de son mari pour les évènements internationaux et son désintérêt pour les évènements du quartier. Le portable d'Alain sonne à nouveau. Annette le lui arrache alors des mains et le met dans le vase des tulipes. Horrifié, Michel tente de sécher le portable. Il va ensuite chercher la boite à cigares et en propose à Alain, provoquant ainsi le courroux de Véronique qui lui rappelle que leur fils est asthmatique. Elle finit par arracher la boite à cigares des mains de son époux et déclare que c'est le pire jour de sa vie.

La mère de Michel rappelle une troisième fois et Michel demande à Alain de lui parler pour la dissuader de prendre de l'Antril.

Annette demande si elle revient le soir avec Ferdinand et ose enfin dire son avis sur le sujet, à savoir que Bruno serait lui aussi en tort. Cela suscite à nouveau la colère de Véronique qui prend le sac d'Annette et le jette vers la porte.

Sous les moqueries de Véronique, Annette demande à Alain de la défendre, tandis que ce dernier tente de partir. Michel finit par tenir des propos racistes en qualifiant le militantisme de sa femme d'« engouement pour les nègres du Soudan » (p. 117). Annette exhorte Alain à ce qu'ils partent en qualifiant les Houllié de « monstres » (p. 117), puis déclare alors que son fils a eu raison de frapper le fils des Houllié.

Suite à des échanges de plus en plus virulents entre les quatre protagonistes, Annette cherche à nouveau à partir puis déverse sa haine sur les tulipes qu'elle « gifle violemment » (p. 123), et s'effondre en pleurs. Le téléphone sonne à nouveau, c'est la fille de Véronique et Michel qui les appelle pour demander si elle peut faire ses devoirs chez une amie. Sa mère cherche à la rassurer sur le sort du hamster. La pièce se clôture sur une question toute simple de Michel qui prend une dimension métaphysique : « Qu'est-ce qu'on sait ? » (p. 125).

ÉTUDE DES PERSONNAGES

VÉRONIQUE HOULLIÉ

Spécialiste des conflits subsahariens, elle a écrit deux livres sur ce sujet et est libraire à mi-temps. Elle apparait au début de la pièce comme une femme polie et raffinée, amatrice de livres d'art et très soucieuse de l'éducation de ses enfants, mais aussi de celle des enfants des autres.

Elle est aux antipodes d'Alain dans sa façon de concevoir le monde. Elle est en effet présentée par ce dernier comme une idéaliste, parce qu'elle croit en une évolution possible de l'être humain. Elle a également foi dans la civilisation, notamment dans la morale que cette dernière met en place. Le fait qu'elle s'attende à ce que Ferdinand ressente une culpabilité spontanée à l'égard de son camarade violenté montre qu'elle pense que la morale est également un sentiment naturel, voire inné.

Son militantisme est cependant comparable à l'implication professionnelle d'Alain, dans la mesure où leurs deux formes d'engagement altèrent leurs relations sociales, et en premier lieu familiales.

Son époux Michel la dépeint avec ironie comme un personnage « civilisé » et « évolué ». Cette ironie est d'autant plus forte que Véronique se laisse parfois aller à des excès de colère violents contre son mari.

Il s'agit toutefois d'un personnage contradictoire, dans la mesure où ses idéaux moraux, humanistes et sociétaux entrent en conflit avec son caractère naturel. Progressivement, le spectateur s'aperçoit en effet qu'elle a une forme de violence latente qui se dévoile peu à peu, d'abord contre son époux, puis contre Annette. Elle finit ainsi par frapper violemment Michel et par jeter le contenu du sac d'Annette par terre.

Dès le début, on constate un entêtement obsessionnel pour la mâchoire de son fils qui la ridiculise. La précision extrême qu'elle apporte dans l'évocation des dégâts causés sur les dents de son fils, avec l'utilisation d'un vocabulaire médical très technique, montre chez elle une forme de névrose, que viennent confirmer les gestes violents et les pleurs compulsifs qu'elle aura par la suite. Par son côté obsessionnel, Véronique rappelle ainsi les personnages des comédies de Molière.

Elle fait également preuve d'une certaine hypocrisie, puisqu'elle n'hésite pas à dire du mal d'Annette à son mari lorsque cette dernière ne l'entend pas, puis à dire du mal d'elle ouvertement une fois qu'elle a bu.

MICHEL HOULLIÉ

Michel est un commercial, profession qui reflète son attitude tout au long de la pièce puisqu'il cherche à arrondir les angles, comme le lui reproche sa femme. Sous certains aspects, il ressemble donc à l'Annette du début de la pièce, puisqu'il tente de mettre tout le monde d'accord, en approuvant ce que dit l'autre couple.

Peu à peu, il va se montrer moins avenant, d'abord avec Alain, en lui déclarant qu'il exerce « un drôle de métier », puis avec Annette, à qui il remarque avec ironie que « dégobiller » l'a « requinquée » (p. 69). Au début de la pièce, il peut être vu comme soumis aux désirs de sa femme, qui ose davantage dire ce qu'elle pense. Au fur et à mesure que l'intrigue progresse, il va se dissocier de ce qu'elle dit, et montrer lui aussi son vrai visage : « ma femme m'a déguisé en type de gauche, mais la vérité est que je n'ai aucun *self-control* » (p. 78). Cela se manifeste d'abord dans son vocabulaire, qui devient familier ; dans ce qu'il propose à ses hôtes (on passe du café au rhum et aux cigares). Il finit par tenir un discours raciste, aux antipodes des valeurs prônées par sa femme. Il décrit en effet l'engagement de cette dernière comme un « engouement pour les nègres du Soudan » (p. 117). À la fin de la pièce, il alterne entre des remarques ironiques sur les autres protagonistes, pour les tourner en dérision, et des répliques qui cherchent à approuver ce que chacun dit.

Sa femme semble lui vouer une véritable aversion à la fin de la pièce, le décrivant comme un homme médiocre qui se « contente de peu ». De fait, il donne l'impression d'un personnage sans consistance : il n'a pas de cause morale, comme Véronique, ou de cause professionnelle, comme Alain, qui puisse donner un semblant de sens à ce qu'il entreprend ou un semblant de cohérence à sa vision du monde. Cette absence de point de vue implique un manque de positionnement de la part du personnage dans la pièce. Il ne sait pas dans quel « camp » se ranger, défend et attaque tour à tour sa femme, Alain et Annette. Ainsi, s'il critique Alain auprès de sa femme au début de la pièce, il va ensuite le défendre contre les attaques d'Annette et tente de réparer son portable. Il prétend se placer du côté de sa femme au début de la pièce, mais la contredit à plusieurs reprises par la suite. Il montre un agacement de plus en plus visible à l'égard de cette dernière (« tu fais chier Véronique, on en a marre de ce boniment simpliste ! », p. 116), pour ensuite lui dire qu'elle est « la meilleure de tous » (p. 117).

Il se révèle avoir une vision très négative de la famille et de la vie conjugale, déclarant que le couple et la vie de famille sont « la plus terrible épreuve que Dieu puisse [...] infliger » (p. 90).

Il s'agit également d'un personnage un peu naïf sous certains aspects. Ainsi, il ne semble pas se rendre compte qu'Alain se moque de lui lorsqu'il lui parle de son métier et n'a pas conscience que sa connaissance des mécanismes de w.c., bien loin de le valoriser, le rend ridicule. Au contraire, il est convaincu d'avoir « bien répondu » (p. 61) à Alain en lui détaillant les mécanismes de w.c..

ANNETTE REILLE

Conseillère en gestion du patrimoine, Annette apparait au début de la pièce comme un personnage effacé et conciliant, qui ne dit pas ce qu'il pense, afin de conserver ou restaurer un semblant d'harmonie. Elle acquiesce ainsi à tout ce que dit Véronique et cherche à atténuer les propos d'Alain. Sous certains aspects, elle apparait comme une victime. Elle subit en effet une situation de couple dans laquelle elle est perdante. Son mari, entièrement occupé par sa vie professionnelle, semble estimer que c'est à elle de s'occuper des enfants et des tâches ménagères, alors qu'Annette a un métier au même titre que lui. Elle semble cependant accepter la situation sans se plaindre.

Progressivement, l'épouse effacée va révéler son vrai visage, comme le souligne avec ironie Michel : « où est passée la femme avenante et réservée, avec une douceur de traits... » (p. 118). Le personnage cherche en effet à refouler ses émotions et ses instincts sous un masque de civilité qu'elle porte non seulement en société, mais au sein de son propre couple. Le vomissement apparait ainsi comme un symptôme de désirs et de pulsions trop longtemps refoulés, qu'elle s'interdit d'exprimer autrement, d'où le fait que Véronique la qualifie de « fausse ». Il peut également être le signe d'un dégout qu'elle ressent vis-à-vis de l'attitude de son mari, mais aussi de celle de l'autre couple. Le vomissement, puis l'alcool vont alors l'amener peu à peu à dire ce qu'elle pense vraiment et à agir comme elle en a envie. Elle finit ainsi par jeter le portable de son mari dans le vase de fleurs, après avoir montré de plus en plus visiblement son exaspération vis-à-vis du comportement de ce dernier. Elle finit également par dire à Véronique ce qu'elle pense réellement de l'altercation entre les deux enfants, à savoir qu'il y a des torts des deux côtés. Elle déclare enfin son désintérêt, voire son mépris à l'égard de Véronique et de son engagement : « on se fait insulter, et brutaliser, et imposer des cours de citoyenneté planétaire, notre fils a bien fait de cogner le vôtre, et vos droits de l'homme je me torche avec ! » (p. 118).

Son comportement recèle lui aussi une certaine névrose. Quand Véronique déverse le contenu de son sac à main par terre, elle cherche une protection de la part de son mari, comme une petite fille en chercherait auprès de son père. Yasmina Reza nous dépeint également avec ironie un personnage contradictoire : Annette s'indigne de la perte de son poudrier et de son vaporisateur, alors que quelques minutes plus tôt elle tenait un discours méprisant sur l'attachement des hommes à des accessoires.

ALAIN REILLE

Alain peut être vu comme le stéréotype de l'avocat d'affaires opportuniste, sans scrupules, ce qu'il revendique ouvertement. Ainsi, ce qui l'ennuie dans l'étude publiée sur son client, ce n'est pas la nocivité du médicament pour les malades, mais la perte financière que sa médiatisation entraine pour l'entreprise.

Il a une vision du monde cynique : par exemple, il estime que toute action entreprise par un être humain est motivée par une raison égoïste. Ainsi, il pense qu'en écrivant un livre sur le Darfour, Véronique cherche à se sauver elle-même.

On peut le qualifier de misogyne, dans la mesure où il déclare que les femmes intelligentes ne sont pas attirantes : « les femmes qui font état de leur clairvoyance, les gardiennes du monde nous rebutent » (p. 121). Cette misogynie est renforcée par un certain machisme, dans la mesure où il estime que les problèmes domestiques, les affaires relatives à l'éducation des enfants ne le concernent pas.

Sa vie se résume à son travail, ce que reflètent ses interventions dans le texte. Ainsi, la moitié de ses répliques ne sont pas adressées aux personnages présents sur scène, mais aux personnes qu'il appelle dans un cadre professionnel. Cet envahissement de la sphère professionnelle dans sa vie privée est tel que, lorsque Annette jette son portable, il n'est plus rien, ne dit plus rien, comme s'il n'existait plus. Il déclare de fait avoir « toute sa vie » dans son portable, excluant ainsi par cette phrase sa vie familiale, sa femme et ses enfants.

Il s'agit ainsi d'un père absent, indifférent à ce que peut penser ou faire son fils. Les Houllié rattachent par conséquent cette absence paternelle à la violence du fils.

CLÉS DE LECTURE

DES RELATIONS SOCIALES ARTIFICIELLES ET DÉSÉQUILIBRÉES

La pièce débute par un procès-verbal de l'agression, ce qui tourne d'emblée en dérision les institutions juridiques. La formalisation juridique d'un geste enfantin pointe du doigt la froideur des relations humaines. Un acte anodin – un enfant frappe un autre enfant – devient ainsi un délit pénal.

Un déséquilibre entre les parents de l'agresseur et ceux de la victime

Dès le début de la pièce, on constate un déséquilibre dans les relations entre les deux couples, le procès-verbal plaçant les Reille dans la position de coupables ayant une dette à payer aux victimes. Ainsi, Annette remercie plusieurs fois Michel et Véronique de tenter « d'aplanir la situation plutôt que de l'envenimer » (p. 26) et pose des questions polies sur les dents de Bruno. Suite à la proposition d'Annette d'organiser une rencontre entre les deux enfants chez eux, Michel déclare que « ce n'est pas à la victime de se déplacer » (p. 32). On peut étendre la logique de cette affirmation aux parents, puisque de fait, ce sont les Reille qui se sont déplacés chez les Houllié et non l'inverse. Or, le fait que les Houllié reçoivent les Reille renforce le déséquilibre entre les deux couples, les Reille étant censés être encore plus redevables aux Houllié, ce que ne manque pas de souligner Michel : « une maison dont j'ouvre les portes [...] à des gens qui devraient m'en savoir gré ! » (p. 76).

Un déséquilibre dans les relations de couple

On constate un déséquilibre au sein de chaque couple. Ainsi, au début de la pièce, c'est principalement Véronique qui parle et Michel acquiesce à tout ce qu'elle dit, ce qui révèle une forme de soumission de sa part. Cette impression se confirme par la suite, puisque lorsque sa langue se déliera, Michel affirmera s'être plié à la volonté de sa femme : « ma femme m'a déguisé en type de gauche » (p. 78). Progressivement, on assiste à une forme d'« émancipation » du personnage qui va agir d'une façon qui déplait à Véronique. Il va par exemple proposer des cigares à Alain et tenir des propos racistes pour la mécontenter (p. 117). Au fur et à mesure que Michel montre sa vraie personnalité, jusqu'alors bridée par sa femme, cette dernière se montre violente envers son mari, ce qui confirme la « déliquescence » de leur couple.

Du côté des Reille, le fait qu'Alain soit constamment au téléphone donne l'impression qu'Annette est la seule à s'impliquer dans l'éducation de leur enfant. Cette impression se confirme, puisqu'Alain affirme que sa présence ne sert « à rien » (p. 30). L'exclamation d'Annette, « mon mari n'a jamais été un homme à poussettes ! » (p. 31), dévoile une répartition genrée des tâches au sein de leur couple : le rôle d'Alain semble être de travailler, celui d'Annette de conduire les poussettes. Le sexisme d'Alain est corroboré par les remarques qu'il adresse à Véronique. Il estime en effet que « les femmes raisonnent trop » (p. 89). Les divergences entre Alain et Véronique sont donc aussi liées au fait que cette dernière ne correspond pas à sa vision stéréotypée de la femme : « ce qu'on aime chez les femmes c'est la sensualité, la folie, les hormones, les femmes qui font état de leur clairvoyance [...] nous rebutent » (p. 121).

Un déséquilibre dans les relations parents-enfants

Il y a un manque de communication entre les parents et les enfants dans la pièce. Ainsi, Annette déclare que son fils « ne parle pas beaucoup » (p. 28), tandis qu'Alain estime que son fils est un « sauvage » (p. 30). En fait, aucun des deux parents ne sait réellement ce que vit et pense leur fils. Annette refuse d'ailleurs de s'intéresser à ses états d'âme (p. 52-53).

Si les Houllié donnent l'impression de davantage communiquer avec leur fils – « nous avons expliqué à Bruno qu'il ne rendait pas service à ce garçon [...] » (p. 14) –, il y a aussi un problème de communication entre Bruno et ses parents puisque ce sont les Reille qui leur apprennent l'origine du conflit entre les deux enfants : « Tu savais que Bruno avait une bande ? » (p. 38).

Enfin, la pièce met en scène des parents qui ne parviennent pas à dissocier leurs enfants d'eux-mêmes. Ils en viennent en effet à s'insulter de manière indirecte par enfant interposé. Alain déclare que si on le traite de balance, il s'énerve, tandis qu'Annette cherche à défendre son fils en déclarant que le fils de Michel est également une « balance » (p. 66). Véronique se met dans une colère noire lorsqu'Annette lui dit que Bruno est lui aussi en tort. Annette revendique sa fierté à ne pas avoir « un petit pédé qui s'écrase » (p. 122), etc.

Les relations parents-enfants sont donc présentées ici sous un angle négatif, voire malsain, dans la mesure où chacun prétend agir dans l'intérêt de son enfant, sans chercher à comprendre ce que celui-ci peut ressentir.

Un déséquilibre au sein de chaque personnage

Yasmina Reza met en scène des personnages que l'on peut qualifier de névrosés. En effet, chacun d'entre eux a un comportement compulsif qui se répète dans la pièce. Ainsi, le vomissement d'Annette est le symptôme d'un malêtre plus profond, lié au désintérêt de son mari à son égard. Véronique a une obsession pour la dentition abimée de son fils, comme le révèlent les termes extrêmement précis qu'elle emploie pour décrire sa mâchoire : « une brisure des deux incisives » (p. 10), « Mon fils a perdu deux dents. Deux incisives » (p. 68). Alain est constamment accroché à son portable, ce qui dévoile une attention obsessionnelle pour son travail. Enfin, Michel ne cesse d'inviter les autres personnages à boire (que ce soit du café, du coca ou du rhum), cherchant ainsi à fuir à la tension qui règne dans la pièce.

Pour chaque personnage, on a donc affaire à un comique de répétition qui vise à la fois à faire rire le spectateur et à montrer leur comportement névrotique et leur malêtre. Il s'agit de personnages à la fois comiques et pathétiques, provoquant par leur comportement tantôt le rire, tantôt la pitié, tantôt la répulsion.

Ces différents déséquilibres sont de plus en plus visibles au fil de la pièce. L'atmosphère faussement cordiale du début devient oppressante. Le spectateur assiste ainsi à une gradation dans la tension qui règne entre les personnages, que viennent renforcer le cadre étriqué et le resserrement de l'histoire sur quelques heures. La pièce se déroule en effet en huis clos, dans un seul lieu – le salon des Houllié – et en présence uniquement de ces personnages.

UNE COMMUNICATION SOUS LE SIGNE DE L'ÉCHEC

Un dialogue de sourds

Dès le début de la pièce, on s'aperçoit que les personnages ne communiquent pas les uns avec les autres, malgré la cordialité des échanges. Ainsi, Annette et Michel acquiescent à tout ce que dit Véronique. Annette ne pose des questions que par politesse (par exemple sur les dents de Bruno ou la profession de Véronique), mais ne rebondit pas sur les réponses. On passe ainsi d'un sujet à l'autre, sans qu'il y ait de lien dans l'enchainement des répliques. Par ailleurs, certaines remarques ne visent qu'à meubler la conversation, comme c'est le cas par exemple du compliment d'Annette sur la beauté des tulipes qui arrive après un « léger flottement » (p. 13) ou la réplique de Michel sur le clafoutis : « ce n'est pas du tout évident un bon clafoutis » (p. 20). Ce genre de remarques intervient après des moments de flottement qui montrent que les personnages n'ont rien à se dire. Au début de la pièce, le langage apparait donc comme un lieu de leurre et de faux-semblant qui ne fait que masquer le malaise des personnages et leurs sentiments réels. Cette difficulté à communiquer, à s'écouter est ravivée par la présence du téléphone des Houllié et du portable d'Alain. Les sonneries hachent en effet la discussion, les protagonistes suspendant leur conversation pour écouter le personnage au téléphone. Le manque de communication qui en résulte concerne particulièrement le personnage d'Alain dont la grande majorité des répliques ne sont pas destinées aux personnes présentes sur scène, mais à des personnes avec qui il parle au téléphone. La multiplication de ses échanges téléphoniques rend ainsi de plus en plus difficile non seulement le dialogue entre lui et les autres protagonistes, mais aussi le dialogue entre les trois protagonistes restants qui doivent subir sa conversation.

Le langage comme arme

Par ailleurs, chez Alain, le langage est employé comme une arme. Ainsi, dès le début de la pièce, il accorde une vigilance extrême aux mots employés par les uns et les autres, en s'opposant par exemple à l'utilisation du mot « armé » pour qualifier son fils. De même, lorsque Véronique demande que « Ferdinand présente ses excuses à Bruno », Alain apporte une nuance : « ce serait bien qu'ils se parlent oui » (p. 19). Cette utilisation

minutieuse du langage est liée à sa profession d'avocat :
il ne cesse de corriger les termes proposés par son interlocuteur : « pas s'étonne. Dénonce. S'étonne c'est mou »
(p. 94) ; « pas procédé. Manœuvre. » (p. 94) ; « mets
études entre guillemets ! » (p. 95).

Le langage comme moyen de blesser l'autre

Au fur et à mesure que les masques de civilité des personnages tombent, leur langage se fait plus violent et
familier. Progressivement, il devient un outil pour blesser
l'autre. Michel, Annette et Véronique deviennent ainsi
de plus en plus vulgaires. Annette finit ainsi par traiter
Véronique de « conne » (p. 118) et déclare qu'elle « se
torche le cul » avec la Déclaration des droits de l'homme.
(p. 118). Véronique qualifie Ferdinand de « petit connard »
(p. 122), tandis que Michel lui déclare qu'elle fait « chier »
(p. 116) et qualifie la conversation de « délibérations à la
con » (p. 78). Alain semble être le seul à garder un certain
contrôle sur les mots qu'il emploie, en conservant un
registre de langue soutenu, cette maitrise du langage
étant en lien avec l'exercice de sa profession. Les mots
qu'il emploie sont cependant tout aussi violents que ceux
des autres personnages. Il déclare par exemple à Annette
que même son mari est « rebuté » (p. 121) par elle, à
Michel qu'il est plus crédible en se montrant sous un jour
horrible, à sa femme qu'il faut l'« interner » (p. 105).

Le langage échoue donc en tant que moyen de communication et devient au contraire l'expression de pulsions
violentes et primaires à l'égard d'autrui.

DES LIMITES POREUSES ENTRE NATURE ET CULTURE

Une pièce qui révèle la fragilité des frontières entre enfance et âge adulte

L'altercation entre les deux enfants, en apparence anecdotique, ouvre une réflexion sur les rapports entre le droit et la violence, tels que le psychanalyste Freud les a conceptualisés. Ce dernier estime en effet qu'il n'y a pas une opposition, mais une continuité entre la violence et le droit. Selon lui, à l'origine, la loi s'exerçait par la force physique, puis lorsque les hommes se sont organisés en communauté, les groupes dominants ont érigé le droit tel qu'il existe aujourd'hui. Alain semble être nourri par Freud lorsqu'il déclare qu'il « faut un certain apprentissage pour substituer le droit à la violence » (p. 97). Cette vision utilitaire du droit comme prolongation de la violence, et donc comme une forme d'expression évoluée de besoins plus primaires, s'oppose à celle de Véronique. Cette dernière voit dans le droit une garantie de la morale et croit aux « valeurs de la société occidentale » (p. 101), qu'elle oppose à ce qui se passe au Kinshasa ou chez les hommes préhistoriques. Elle perçoit l'acte de violence de Ferdinand comme criminel, donc répréhensible par la justice, contrairement à Alain qui le voit comme un geste spontané. Michel souligne cependant avec ironie la contradiction entre l'attitude violente de sa femme et les idéaux qu'elle défend : « Battre son mari doit faire partie des codes... » (p. 101). Alain commence à la trouver sympathique, précisément parce qu'elle ne parvient pas à dominer ses pulsions (p. 102).

Au début de la pièce, enfants et parents semblent donc s'opposer, les premiers cédant à leurs pulsions, au contraire des seconds qui cherchent à les dominer en discutant cordialement. Progressivement, les parents se révèlent aussi violents que leurs enfants : Véronique frappe son mari, jette le sac d'Annette par terre, cette dernière arrache le portable des mains de son mari. Cette violence donne alors une ambigüité au titre de l'œuvre. À priori, on peut penser que le « dieu du carnage » fait référence à Ferdinand puisque toute l'intrigue découle du geste violent de ce dernier. On découvre ensuite que Bruno est lui aussi artisan du « carnage », dans la mesure où il a agressé verbalement son camarade. Peu à peu, chacun des quatre protagonistes présents sur scène se révèle être un « dieu du carnage », par la violence de ses échanges avec les autres personnages.

À la fin de la pièce, les adultes ressemblent donc aux enfants, en laissant parler leurs instincts égoïstes. D'ailleurs, ils adoptent progressivement des comporte-ments enfantins. Ainsi, Annette et Véronique se mettent à pleurer et se chamaillent, arrachent rhum et portable des mains de leurs époux. Privé de son portable, Alain devient triste comme un enfant à qui l'on a confisqué son jouet (p. 112). Progressivement, Michel cherche à s'éman-ciper de sa femme en la provoquant, de la même façon qu'un adolescent qui se rebellerait contre ses parents.

Des objets sources de tension

La pièce invite également à réfléchir sur la notion de pos-session en mettant en scène l'état de violence dans lequel l'être humain peut basculer lorsqu'il est dépossédé d'un objet. Ainsi, Véronique est furieuse qu'Annette ait vomi sur ses livres d'art et déverse le contenu du sac de cette dernière par terre. Furibonde parce que son poudrier et son vaporisateur sont cassés, Annette abime les tulipes achetées par les Houllié. Délaissée par son époux, elle se venge en mettant son portable dans le vase des fleurs. Altérer les objets devient ainsi un moyen de blesser l'autre, en s'attaquant à ce qu'il possède.

L'intrigue pointe du doigt la dépendance que nous pouvons avoir à l'égard de certains objets. Ainsi, Alain, qui déclare avoir toute sa vie dans son téléphone, ne se sent exister qu'à travers cet objet et devient l'ombre de lui-même après que sa femme le lui a cassé.

Certains objets ont une fonction symbolique et dramatique dans le récit. Ainsi, entre les mains de Véronique, le Kouros devient une arme chargée de violence. En « pulvérisant névrotiquement » (p. 89) le parfum dans toute la pièce, elle semble chercher à éradiquer toute trace des Reille. Entre les mains de Michel, le sèche-cheveu a un rôle temporisateur, à l'image de son détenteur. De même, les cafés et le clafoutis qu'il propose apaisent temporairement la tension, en étouffant les désirs de violence par la satisfaction d'autres besoins primaires. Au contraire, l'alcool par son rôle désinhibiteur ravive les instincts primaires. Ainsi, le rhum délie la langue de chacun et fait tomber les masques de civilité : « Un petit coup de gnôle et hop le vrai visage apparait » (p. 118).

Une écriture à la fois prosaïque
et métaphorique

Cette pièce appartient au registre burlesque par le décalage entre le prosaïsme de certaines répliques (notamment celles de Michel) et la profondeur philosophique d'autres (présentes dans les échanges entre Alain et Véronique).

Certains éléments prosaïques prennent un sens métaphorique. Ainsi, les fleurs apparaissent comme un symbole de civilité et se désagrègent au moment où les derniers restes de cordialité entre les personnages ont disparu.

L'histoire du hamster, en apparence anecdotique, se révèle hermétique. La tirade de Michel à son sujet éclaire sa fonction dans la pièce. En effet, il s'agit d'un animal ni sauvage ni domestique. On peut donc voir dans le hamster une métaphore de la condition humaine : bien que « domestiqué », civilisé, l'être humain conserve une part de sauvagerie. La discussion entre Véronique et sa fille renforce cette idée puisque la mère déclare que le hamster « est omnivore comme nous » (p. 125). Par ailleurs, la pièce se clôture sur une discussion autour de l'animal. En imaginant que la « bête festoie à l'heure qu'il est » (p. 125), Michel semble nous indiquer que le hamster est le véritable dieu du carnage et qu'il festoie parce que toute trace de civisme a été éradiquée.

PISTES DE RÉFLEXION

QUELQUES QUESTIONS
POUR APPROFONDIR SA RÉFLEXION...

- Dans un entretien consacré à sa pièce *Bella Figura* dans le magazine *Madame le Figaro*, Yasmina Reza définit ainsi son œuvre théâtrale : « C'est un théâtre de dérapage. Les nerfs règnent, les nerfs passent par-dessus la morale, par-dessus la bienséance. La morale s'arrête là où les nerfs commencent. » Comment comprenez-vous cette définition et dans quelle mesure peut-elle s'appliquer au *Dieu du carnage* ?

- Regardez le film *Carnage* réalisé par Polanski, qui est une adaptation de la pièce. Estimez-vous que cette adaptation est fidèle à la pièce ? Justifiez votre réponse. Que pensez-vous plus particulièrement de la dernière scène du film ?

- Quel personnage trouvez-vous le plus antipathique dans la pièce ? Pourquoi ?

- Dans quelle mesure peut-on qualifier cette pièce de comédie ?

- En quoi chaque personnage de la pièce est-il pathétique ? Appuyez votre réponse sur des éléments précis.

- Quels sont les points communs entre Michel et Annette d'une part, Alain et Véronique d'autre part ?

- En quoi les relations entre les personnages sont-elles versatiles ? Justifiez votre réponse en vous appuyant sur des éléments précis.

- Comment comprenez-vous le titre de la pièce ?

- Imaginez que, après être rentrés chez eux, les Reille tentent d'avoir une discussion avec leur fils Ferdinand. Rédigez le dialogue qui pourrait en résulter (environ trente lignes) en veillant à ce que les comportements d'Annette et d'Alain soient cohérents par rapport à leur personnalité dans la pièce.

- « On peut être très entouré et se sentir seul », déclare Yasmina Reza dans *Madame le Figaro*. Dans quelle mesure cette citation peut-elle s'appliquer à chacun des personnages du *Dieu du carnage* ?

POUR ALLER PLUS LOIN

ÉDITION DE RÉFÉRENCE

- REZA Y., *Le dieu du carnage,* Paris, Albin Michel, 2007, 125 pages.

ÉTUDES DE RÉFÉRENCE

- MUTTIB HUSSEIN T., *La quête identitaire dans le théâtre de Yasmina Reza*, Littératures. Université Lumière - Lyon II, 2009. https://tel.archives-ouvertes.fr/tel-01540262/document

- VANIER A., « Droit et violence. Freud et Benjamin », in *La clinique lacanienne*, vol. 27, 2016. URL : https://www.cairn.info/revue-la-clinique-lacanienne-2016-1-page-23.htm

SOURCES COMPLÉMENTAIRES

- CÉNAC L., « Yasmina Reza : "Ma façon d'écrire provient de mes origines" », in *Madame le Figaro*, 2017, consulté le 09-11-2021. URL : https://madame.lefigaro.fr/celebrites/yasmina-reza-ma-facon-decrire-provient-de-mes-origines-201117-145625.

ADAPTATIONS

- *Carnage*, film de Yasmina Reza et Roman Polanski, avec Jodie Foster, Kate Winslet, Christoph Waltz et John C. Reilly, 2011.

Votre avis nous intéresse !
Laissez un commentaire sur le site de votre librairie en ligne
et partagez vos coups de cœur sur les réseaux sociaux !

lePetitLittéraire.fr

- un résumé complet de l'intrigue ;
- une étude des personnages principaux ;
- une analyse des thématiques principales ;
- une dizaine de pistes de réflexion.

**Retrouvez
notre offre complète sur
lePetitLittéraire.fr**

www.lepetitlitteraire.fr

ISBN version numérique : 9782808025652
ISBN version papier : 9782808025669
Dépôt légal : D/2021/12603/123

Conception numérique : Primento,
le partenaire numérique des éditeurs.